JN219410

眠れない夜のために

千早茜

絵＝西淑

平凡社

眠れない夜のために

もくじ

装幀・組版＝佐々木暁

第一夜

空洞

眠れない夜は、クッキー缶を開ける。

隣で横たわる娘はくったりと手足を投げだして、小さな汗ばんだ頭を撫でても身じろぎすらしない。その向こうでは、夫の大きなお腹がくろぐろとした山になっている。私以外の家族はみな、深い眠りに沈んでいる。

眠らなくてはと、まぶたを閉じる。けれど、目の奥にすこんとした空洞がある。寝返りをうつたびに、その空洞が鳴る。空っぽの音がからからと響く。

夫のいびきが響く寝室を抜けだし、裸足で廊下を進む。空調の利いたマンションの床は冷たくも温かくもない。窓の外で朝までまたたく、高層ビルの光のようだと思う。温度のない都会の夜。

シンク台の下の棚に腕を差し込む。林のようにならぶ料理酒やオリーブオイル、米酢、胡麻油、パスタの細長いタッパー。その奥にある金属の缶にかちんとネイルが触れる。缶はいくつもある。爪先で軽く弾けば、中が空洞かどうかわかる。しっかりと重さのある缶をひとつ出し、抱えるようにしてキッチンのスツールに座り、透明なテープをつつつと剝がす。缶の蓋を開け、はりはりと音をたてる薄い紙をひろげると、バターと砂糖の甘い香りがたつ。

明かりは換気扇の下のぽつんとしたライトだけで充分。長方形の窓からは月よりも強い都会の光が入ってくる。洗いものが完璧に片付けられた銀色のシンク台はレフ板の役目を果たし、缶の中にぎっしりと詰まったクッキーたちをぼんやりと浮きあがらせる。ザラメのついた丸いディアマン、レモンアイシングクッキー、飴色のフロランタン、木苺ジャムサンドクッキー、ココアサブレ、絞りだしクッキー、ぶ厚いガレット・ブルトンヌ、紅茶のビスケット。さまざまな形のクッキーの隙間を、小指の先ほどのメレンゲと細いビスキュイが埋めている。ざらりとした茶色い世界。揺すっても絵のように動かない。もろいクッキーたちが互いを支え合い、それぞれのおさまるべき場所におさまっている。

寝静まった家族の寝室のように。

けれど、その完璧は一枚引き抜けば、もろく崩れる。さく、さく、さく、と私の歯のあいだでクッキーが砕かれるたびに、缶の中の静寂と均整は壊れていく。もう、元には戻せない。あちこち隙間のできたクッキー缶は、揺すればクッキー同士がぶつかり合い、粉々になってしまうだろう。ふたたびクッキー缶に静けさを取り戻す方法はひとつだけ。空っぽにすることだ。

自分の手が口とクッキー缶を行き来する。単調な機械のように。深夜の食欲はぽっかりした穴のようで、食べても食べても空洞がふくらむ気がする。キッチンは静かで、時間も止まっているかのようだ。実家の台所はいつも冷蔵庫の唸りが響いていた。べたつく床はひんやりとして、唸り続ける冷蔵庫は温かく、ごちゃごちゃとものにあふれていて、なんだか安心した。この、私の希望で選んだはずのキッチンはつるりと整っていて、物わかりの良さそうな調理機器たちは大人しく眠ったままで、少しつまらない。秘密のクッキー缶と私だけが異物に思える。

いったい、いくつのクッキー缶をこうして空けただろう。マーガレットの形の丸い缶、黄と白のストライプの缶、潔い白一色の缶、真四角の銀缶、紋章のエンボスが入った老舗の缶、小花柄や水玉模様……どれも仕切りのない、びっしりとクッキーが詰まった缶だった。こっそりと買い求めて空にした、たくさんの缶がシンクの下に隠されている。

姉と弟がいた私は、子供の頃、クッキー缶をひとりじめできたことなどなかった。年に数回、親が誰かからクッキー缶をもらうと、まずじゃんけんで食べる順番を決めた。ココナッツが入っているものが私にとっての外れで、姉の外れはシナモン味だった。弟はなんでも好きで必ず大きいものを狙った。クリームやジャムが挟まっているものは二枚とみなされた。好きなものばかりを食べると不興を買い、全種類を制覇するには頭を使わねばならなかった。美味しいうちに食べ切ってしまいたいのに、クッキー缶は何日もかけて食べられ、最後のほうは湿気ていた。それでも、缶を開けるたびにじゃんけんになった。食べ終えた後もじゃんけんがおこなわれ、手に入れた空き缶は宝物入れになった。青に白の草花模様が描かれた缶が一番のお気に入りだった。その缶の縁に赤茶色いサビが浮いてきてもずっと手離さなかった。

缶だけではない。リボンも包装紙も紙箱も捨てられない。このレースはきれいだから。これは良い香りがするから。これは頑丈だから、なにかに使えるかもしれない。あれこれ理由をつけては溜め込んでしまう。私のひとり暮らしのクローゼットの中を見た、恋人だった頃の夫は言った。

「空き箱や空き缶の数だけ、部屋に空洞が増えるんだよ」

一緒に暮らすようになると、使えない空洞は無駄だとも言われた。もっともだと思う。現に、私は小さい頃にクッキー缶にしまっていたものをはっきりと覚えていない。転校していった友人からの手紙だったか、交換してもらったキラキラしたシールだったか、果物の香りの消しゴムだったか。なんにしろ、きっといまは必要ではないものばかりだ。

でも、空洞はそこらにある。この眠れない夜も、作ったはずなのに思いだせない昨日の夕飯の記憶も、どんどん大きくなる夫のお腹も、ママ友とのお喋りも、空洞みたいなものなのではないか。生活には空っぽが散らばっている。隙間の目立ってきたクッキー缶から顔をあげ、窓を見る。林立する高層ビルやマンションの窓が数えきれないくらいある。あの中だって空洞だ。無数の空洞が浮かぶ夜。

自分の中の空洞をこうばしいクッキーで埋めると、気怠さと共に眠気がやってくる。歯をみがく気力もない。ナッツの匂いのげっぷをしながら、空になっ

たクッキー缶を棚の奥の暗がりにしまう。

指が他の缶に触れた。からん、と小さな音がした。手に持つと、からからと鳴る。楕円のレース模様の缶だった。開けると、苺や星をかたどったビーズをつなげたブレスレットが入っていた。娘が大切にしているビーズだった。

そっと戻して、寝室に向かう。

まぶたを閉じても、もう目の奥は虚ろに鳴らなかった。娘の小さな愛らしい秘密が赤やピンクや銀のビーズになって頭の中に詰まっていた。

第二夜

森をさまよう

眠れない夜は、ばけものになる。

闇がぬるぬるとまとわりつく熱帯夜、密林よりもずっとずっと深い森をさまよう。すると、めきめきとばけものになっていく。

森にはいろんなばけものがいる。流行の色で爪や顔面を装飾した美しいばけもの、誰かれかまわず牙を剝きだし嚙みつく攻撃的なばけもの、深夜に高カロリーな食べものを見せつけてくる暴食ばけもの、日常の輝きを惜しみなく放出するキラキラばけもの、ダイエットと無添加食品を推奨する意識の高いばけもの、バズることだけを目的に他のばけものの投稿を真似る承認欲求ばけもの、共通の趣味で集っている楽しげなばけものたちもいれば、ネガティブな空気を垂れ流している自称瀕死のばけものもいる。名の知れたばけものたちは作品や自分の宣伝ばかりで、ばけもののなまなましさがなく、彫像めいて見える。

汗を吸ったべたつくシーツに寝そべり、財布ほどの大きさの薄い電子機器を覗き込み、ばけものたちの言葉がこだまする森をうろつく。数分おきに、遠吠えのように言葉を放つ。誰でもない誰かに向けた、ちょっと痛い言葉を。なれなれしいコメントは無視、幸せアピールもスクロールで飛ばす。ときどき流れてくる広告にはコスメも服も家具も痩せるサプリもなんでもあるけれど、今すぐ触れられるものはなにひとつない。森にひそむ輩（やから）には体温がない。においもない。もしかしたら実体のない、アカウントをいくつも持つばけものが生んだ亡霊かもしれない。

　それでも、あたしは森に入るのをやめられない。目が冴えてしまうこともわかっているのに、ひたすら森をさまよい続けてしまう。気になったばけものの過去の言葉や画像をさかのぼり、馬鹿にしたり憐れんだりする。あたしは今、ばけものだから、似たばけものがいるとうれしくてたまらない。あたしみたいにひとりぼっちで、くさくさしていて、退屈な夜が永遠に続くような絶望感に浸っている同胞（はらから）が欲しい。

昔、好いた男とばけものになった。森の中ではなく現実で、互いのからだがなくては生きていけないと言い交わす、一心同体のばけものになったつもりだった。けれど、それは勘違いで、それぞれ別のばけものになっていた。相手の愛情を、時間を、関心を食いつくさんとするばけものたちは、愛し合っているつもりで血をすすり合っていた。からだはいつも相手につけられた生傷だらけで、会えないと気もそぞろになり、ちょっとした疑念で凶暴な雄叫びをあげた。疲弊したあたしたちは散り散りになった。

森でその男を探す。もう会いたいとも思わないのに、こんな眠れない夜は昔の男の足跡を辿ってしまう。

愚痴ばかりのうらさびしい日常を期待したのに、男は八重歯の可愛い子と赤子を抱いて笑っていた。「新米パパになりました」なんて、らしくない書き込

みに眉根が寄る。彼女がいたことも、結婚したことも、知らなかった。子供が欲しかったんだ。そういうタイプだったんだ。むくむくとからだが黒くふくれあがる。

つまらない。つまらない。つまらない。

森の中で吼える。誰も見ていない深夜だからと、昔、男にされた忌々しいことを思いだしては呪詛(じゅそ)を吐く。

毛穴から黒く濡れた羽毛が噴きだし、背骨の関節は鋭い棘になり、脇腹にはきばきと鱗が生え、長く伸びた牙が顎を変形させる。ああ、あたしはいったいどんな醜いばけものになっているんだろう。

歯止めがきかなくなって、どんどん昔の知り合いを探す。ちょっと関わっただけの、ふだんは思いだしもしない人を。学生のころにすこし気になっていた人、思いを告げられたけれど断った人、お酒の勢いで一晩だけの過ちを犯してしまった人……どの人にもあたしの痕跡はもうない。ここ最近、森に入った形跡もないと虚しくなる。教室であたしより地味だった子が華やかな仕事に就いていたり、しばらく連絡がなかった子が二人分の食事の写真をあげていたりしたら落ち込む。

さみしい。さみしい。さみしい。

あたしはあたしより不幸なばけものを見つけたいのかもしれない。それは、さみしいよりかなしいことだ。

目の奥が痛い。森の中はもうずいぶん静かになっている。足跡を嗅ぎまわるあたしは飢えたけだもの。

そのとき、ぐううとお腹が鳴った。

現実のからだがあたしを森からひき剝がす。

迷ったけれど、空腹はあまりに獰猛（どうもう）で抗えない。台所へいって、鍋で湯をわかし、インスタントラーメンを放り込む。付属の粉末を溶かし、しばらく煮たら卵を落とし、湿気かけたドライオニオンをどっさり入れて、がりがりと黒胡椒をひく。最後にバターをひとかけ落とす。

カーテンからもれる朝の光とジャンクなにおいのアンバランスさに笑ってしまう。

写真を撮って、森に落とす。ぱらぱらと、まばらな拍手のように、森のばけものから称賛がとどく。

汗をかきながらぞぞぞと麺をすすり、「朝から最悪」ともらして、でももうさみしくないことに気づく。このばけものは嫌いじゃない。

第三夜

水のいきもの

眠れない夜は、ないと思っていた。

小さい頃から眠るのが好きだった。外が暗くなってくると、頭の中がとろりとして、甘い眠気がやってくる。寝つきのいい赤子で手がかからなかったと母も言う。

夜だけではない。退屈な授業中、揺れる通勤電車内、予定のない休日の昼下がり、人々の声が反響する飲食店……明るい場所でも、眠ろうという意識もなく眠りに落ちる。「まーた、寝てる」と笑いをふくんだ親しい人の声が遠く聞こえるが、すぐに私を包む音の塊に呑み込まれてしまう。まぶたの裏で感じる陽の光はやわらかく、ぼわぼわと伸び縮みして、なにかに似ていると思う。その思いも、私も、眠りに溶けて消えてしまうのだけれど。

目覚めてから、気づく。あれは水の底から眺めた景色に似ているのだと。光を受けた水面がゆらめきながら輝き、音も感触も遠く、不明瞭になる。

眠りは水の中につながっているのかもしれない。そんなことを考えるほど、よく水中にいる夢をみた。夢の世界では水中でも息ができた。体の重さもなく、ずっと、ずっと、冷たくも温かくもない水の中でたゆたっていられた。

それが、私にとっての眠りだったのに。


かたくこわばった首と肩を揉む。深呼吸をするが、肺の奥まで酸素が届いていない感じが残る。何度も浅く、せわしく、息を吸ったり吐いたりする。よけいに、酸素が足りなくなった気がした。酸素について考えるのがいけないのかもしれない。

スマホのまぶしい画面を見たら、ますます眠れなくなるのはわかっているが、ついつい触れてしまう。三時五分。夜明けは遠いが、アラームが鳴る八時まで五時間を切っている。五時間は寝たかった。せめて、四時間半。また会社でうとうとして叱られてしまう。へその下がむずがゆくなるような焦りが込みあげる。狭いワンルームの部屋がぎゅううっと縮んで私を押しつぶす、息苦しい妄想が浮かぶ。

駄目だ、と起きあがった。

寝巻きの上にコートをはおり、マフラーを鼻の下までぐるぐると巻きつける。ニット帽を目深にかぶりブーツを履いて玄関を出た。節電のため、マンションの廊下は薄暗い。エレベーターではなく階段を使って一階へ下りた。

透明な自動ドアがひらくと、冷たい外気が頬を撫でた。吸い込んだ空気はかすかに鉄臭く、鼻の奥がつんとした。家々は暗く寝静まっているけれど、街灯に照らされたアスファルトがガラスの破片を散らしたかのように光っている。

寒さがきらめく夜。靴音がひびかないボアのブーツを履いてきて良かったと思う。

コートのポケットに手を突っ込んで夜の住宅街を歩く。庭つきの大きな家の窓辺で、仕舞いそこねたクリスマスのイルミネーションが寒々しく色を放っている。その隣の低層マンションのベランダからは人型の黒い塊がぶら下がっている。サンタクロースの置き物だろうかと思った瞬間、それが動いた。

黒い塊はだらりと腕をのばし、一階のベランダの手すりに足をのせ、手を離すと同時に飛びおりた。ほとんど音はしなかった。なめらかに着地すると、フードをかぶり、なんでもないように歩きだす。肩幅がひろい。夜の闇をぬうっと裂くように進むその姿は獰猛ないきものを思わせた。ふと、その足がとまる。私を見ていた。すうっとこめかみから血の気がひく。

泥棒かもしれない。ようやく思いいたる。きびすを返し、自分のマンションの方角へと向かう。ポケットの中のスマホを握りしめ、急ぐ素振りを見せないように気をつけて。

「ちょっと」と暗闇に声が響いた。心臓が破裂しそうになる。

「ちょっと待って、そこのひと。なんか勘違いしてない？　あそこ、俺の部屋だから」

じゃあ、なんでベランダから出るの。こんな真夜中に。

そんなことを訊き返す勇気はなかった。聞こえなかったふりをして、歩を進める。あと五歩、路地を曲がったら走って逃げよう。大通りまで出れば交番があるはず。あと四歩、三歩――

背後で地面を蹴る音がした。ふり返る間もなく、強い力で肩を摑まれていた。声をあげようとするが、でない。ひゅうっと喉が鳴るだけだ。

「待ってってば。通報とか、やめてくれる？」

私を見下ろす顔は思った以上に若かった。

「しません。誰にも言いません」

ようやく声をだせた。どう見ても私より年下なのに敬語を使ってしまう。

「やめてよ、おどしてるみたいじゃん。ここ寮だし。この時間に玄関から出れないだけだから」

学生なのだろうか。そのわりには、しっかりした体をしている。大きめのウィンドブレーカーを着ていても、首から肩の筋肉が盛りあがり、胸板も厚いのが見てとれた。

「わかりました」

そう言うと、睨(ね)めつけるようにして私を見た。白眼が夜に浮く。波を裂く、黒と白の海獣がよぎった。似てる、と思いながら続ける。

「ほんとうです。通報とかしません。明日、仕事なので平和に寝たいので」

おっけ、と男性は口の中で飴を転がすように呟き、しばらく私を眺めてから、ゆったりと離れていった。遠ざかる逆三角形の影を見つめて、大きく息を吐く。

かすかに指先が震えている。眠気は完全にきえていた。

「なにしてんの」

諦めたように男性が言ったのは、曲がり角でぶつかりそうになったときだった。その前に二回すれ違っていた。一回目は街路樹を挟んでいたので互いに知らぬ顔をし、二回目はぎこちなく会釈だけした。

「なにって……」

言いよどむと、男性は「俺もか」と呟き、「会いすぎだろ」と笑った。横柄な物言いにくらべて笑い顔はあどけなかった。

怖い思いをしたから家に帰ろうと思ったものの歩き続けてしまった。神経が昂（たかぶ）ったままベッドに入っても眠れないし、恐怖を持ち帰りたくなかった。遅くまでにぎわっている繁華街や車が行き交う大通りは安全かもしれないが、ネオンやライトが目に刺さる。人のいる場所は明るい。だから、何台も防犯カメラがついた屋敷のような家がならぶ高級住宅街を選んで歩いていた。男性も同じことをしている感じがした。

「もしかして明るい道を避けてるの?」と訊くと、ぴたりと笑いがきえた。

「まあ」と反抗期の中学生のようなふてくされた顔をする。

「なんか目ぇ、冴えそうだし」

「私も」と言うと、男性は首を傾けて私を見た。初めて人として認識された気がした。

どちらからともなく歩きだした。等間隔に街灯の丸い明かりが落ちる住宅街を進む。男性の歩幅は大きく、動きはなめらかだった。白い息が流れていく。

「あのさあ」と男性が言った。「ふつうに危ないっすよ」

ようやく私が年上だと気づいたのか不完全な敬語でたしなめてくる。

「わかってる」とだけ返す。

「おねえさんも眠れないんすか」

「眠れないと思うと、よけい眠れなくなりそう」

男性はなにか言いかけ、口をひらいたまま数秒、目をさまよわすと「そっすね」と頷いた。

「俺、寝ようとか思ったことなかったのに」

「え」

「いつも、睡眠ていうか気絶だった。ベッドに転がったら、気絶するみたいに寝てた。こんなことなかった。なんか頭が邪魔」

ごつ、と鈍い音をさせて自分の頭を殴る。やめなよ、と呟くと「おねえさんは？」と横目で言った。

「溺れたの」

男性が驚いた顔をした。

「どこで」

「夢で」

笑われるかと思ったが、男性は口を結んだまま続きをうながすように私を見ていた。

「夢の中だけは自由に泳げたのに、溺れる夢をみたの。苦しくて、苦しくて。それから、ときどき眠れないの」

ストレスだとか心配事があるときの夢だと占い好きの友人には言われた。思いあたることがないわけではない。けれど、ストレスも心配事もない人間のほうがめずらしいのではないか。

溺れる夢はリアルだった。それまで自分を包んでいた心地好いものが、一瞬で圧に変わる。もがいても水面は遠く、水の底へと落ちていく。水を飲み、ご

ぼごぼと空気の塊を吐き、胸を掻きむしりながら目覚めると、全身が冷や汗でびっしょりと濡れていた。

話を変えたくて「お腹すいたかも」とうそぶく。道の先にコンビニが見えた。人工的な白い光を放っている。明るすぎる、と足がとまる。男性も立ちすくんでいた。

「こうしていると幽霊みたい」

「幽霊？」

「幽霊じゃなくても、吸血鬼とか妖怪とかでもいい。人の世界の明かりに近づけない夜の存在」

言いながら、隣の男性は違うと思った。彼は私よりずっと輪郭がくっきりしている。

「あいつらも眠れないんだな」

男性が幽霊や妖怪を友達のように言い、のどかな笑いがもれた。

「そろそろ帰る」と向きを変える。これ以上、一緒にいたら楽しくなってしまう気がした。

男性が喉の奥で不明瞭な声をあげ、ゆらっと私の前にまわり込んだ。大きな手を差しだしてくる。ためらっていると「ほら、おやすみ」とぐいと近づけてくる。

そっと手を重ねる。強く握られた。寒い晩なのに、驚くほど熱い手だった。

「大丈夫。俺、溺れたことないから」

よくわからないまま握った手を上下にふった。互いの健闘を祈るように。もうそのときには半分眠りの中にいたのかもしれない。帰り道の記憶はおぼろで、暗い地面はぐにゃぐにゃしていた。スマホのアラームが鳴ったとき、私はコートを着たままベッドに倒れていた。

半年ほど経った頃、男性をテレビで見た。世界各国の選手の中でひとり、ふてくされた顔をして、睨めつけるような目をカメラに向けていたからわかった。彼はゴーグルをつけ、襲いかかるように水に飛び込み、青いプールの中をまっすぐに泳いだ。彼の、筋肉におおわれた体のまわりで白い波がつぎつぎにうまれた。やっぱり水のいきものだったのだ。

夜の散歩をすることはなくなった。

眠れぬ夜、てのひらを闇にかざす。この手を握った大きな手の熱さを思いだすと、かすかに体温があがる心地がする。

たとえ夢で溺れることがあっても、あの手が私を水から引きあげてくれるだろう。

深い安堵の息のはざまで眠りがひたひたとよせてくる。

第四夜

あめ

眠れない夜は、雨が降っている。

小さい頃からそうだった。

雨が、雨粒が、ずっと喋っているから、僕はうるさくて寝つけない。

さらさらと糸のように細い雨はひそやかだけど耳元でささやき、どうどうと激しく降る雨は大声でがなりたててきて、じとじとした長雨は終わらない愚痴を僕に吐きだす。

雨はとてもお喋りだ。とめどない言葉が降りそそいでくる。

ベッドで寝がえりを打ちながら「うるさい」と呟く。

——うるさい、うるさい、うる、うる、さい、うるさい、うるさ、うる、うるさい……

雨が嬉しげに僕の真似をする。まるでオウムだ。実際に見たことはないけど、オウムの大群が僕の部屋の屋根をめがけて一斉に喋りだすみたい。

「やめろって」

――やめろって、ろって、ろって、ろって、やめろ、やめ、やめろって、やめ、やめ……

溜息がもれる。こいつらの相手をしても仕方ない。しかたない、しかたない、と強くなった雨がわめきだす。毛布をかぶっても、雨の声は隙間から入ってくる。狭いアパートの部屋で、僕はまんじりともせず雨の夜を過ごす。

雨あがりの朝は清々しい光に満ちていて、寝不足の僕には眩しすぎる。梢からしたたる水滴さえ目に刺さるよう。「よく眠れなかったの?」とゼミの子に声をかけられて、「隣の部屋が騒がしくて」と目も合わせず嘘をつく。雨が喋るなんて言っても誰も信じない。一番後ろの席に座り、机に突っ伏した。

僕が初めて口にした言葉は「あめ」だったそうだ。あめ、あめ、あめ、あめ、と春の雨がやわらかくささやいていた記憶がうっすらとある。

次は自分の名前だった。雨が僕に呼びかけていたから。僕が「あめ」と呼び返すと、雨は喜んだ。うれしい、うれしい、かしこいこ、と僕に言葉を浴びせかけた。「うれし」「かしここ」と僕は叫んで、もっともっと言葉を受けたくて庭によたよたと出ていった。

雨粒は冷たかった。肌に落ちると、雨の声が耳で聞くより深く響いた。無数の言葉が小さな僕の身体の中でわんわんと反響して、僕はどしゃ降りの庭で立ち尽くした。母が飛んでくるまで。

僕は雨に言葉を教わった。雨の夜は興奮して眠らず、母を困らせた。暗闇の中、お祭りのように雨は喋った。あめ、あめ、と天井に向かって手を伸ばす僕を、母は「雨が好きねえ」と抱き締めた。

父は背中を向けて寝ているか、いなかった。すっぽりと暗い穴が空いた父の布団はなんだか怖かった。それを見つめる母の眼も暗い穴のようで、そんな時は僕が「ねよ、ねよ」と母に抱きついた。雨も「ねよう、ねよう、おねむり、おやすみ」と言葉で僕らを包んだ。

ある雨の日、保育園に迎えにきた母が変だった。笑っているのに笑っていない。僕を見ているのに見ていない。変なの、と思いながらも、新しい黄色の長靴で水溜まりを踏んで歩くのに夢中になっていた。足元で雨が小さな小さな声をあげる。その高い音がぴかぴかの長靴で跳ねるようだった。

踏切の前で母と僕は止まった。何かを打ちつけるような警報機の音が雨の声を散らしていた。僕はつまらなくなってぶらぶらと足を揺らした。片方の長靴が脱げた。履かせてほしくて母を見たが、母は気づいていなかった。黙って踏切の向こうを見ている。

——もう、いや、いや、つらい、くるしい、いや、きえたい、しぬ、し、し、しんだら……

聞いたことのない雨の声が流れ込んできた。どろり、と胸が重苦しくなる。ぼんやりと前を向いたままの母の身体がふら、と揺れた。

「だめ」と僕は母のスカートをひっぱった。母がはっと僕を見下ろし、濡れた地面に膝をついて、しがみつくように抱き締めてきた。

——ごめんね、ごめん、ごめん、ゆるして、ごめんなさい、あなただけ、たいせつ……

その時に気がついた。雨はつたえてくる、そばにいる人のこころを。

母と僕は家を出て、祖父母と暮らしはじめた。古い家では雨の声はますますくっきりと響いた。

僕が東京の高校に受かると、母は再婚した。新しい父親は物静かな人で、嫌いではなかったけれど、雨の晩は家に帰らないようにした。彼のこころの声は聞きたくなかったから。友達の声を聞いてしまうのも気がひけた。

「うち、今夜、誰もいないよ」

「漫喫で過ごそうよ」

そう言って、誘ってくれる女の子は可愛かったし、やわらかくて安心できた。でも、雨は声をつたえてくる。

——すき、だいすき、すき、すき、みて、みて、ずっと、ずっと、いっしょ、すき……

まるくて、あまい声。でも、どこかさみしそうで、僕を見ているようで見ていなくて、昔の母を思いだした。僕は雨の日に女の子に会うのをやめた。

大学に入って一人暮らしになり、雨の夜はようやく一人きりのものになった。雨は喋り続ける。そばに誰もいないから、僕のこころを言葉に変える。知って

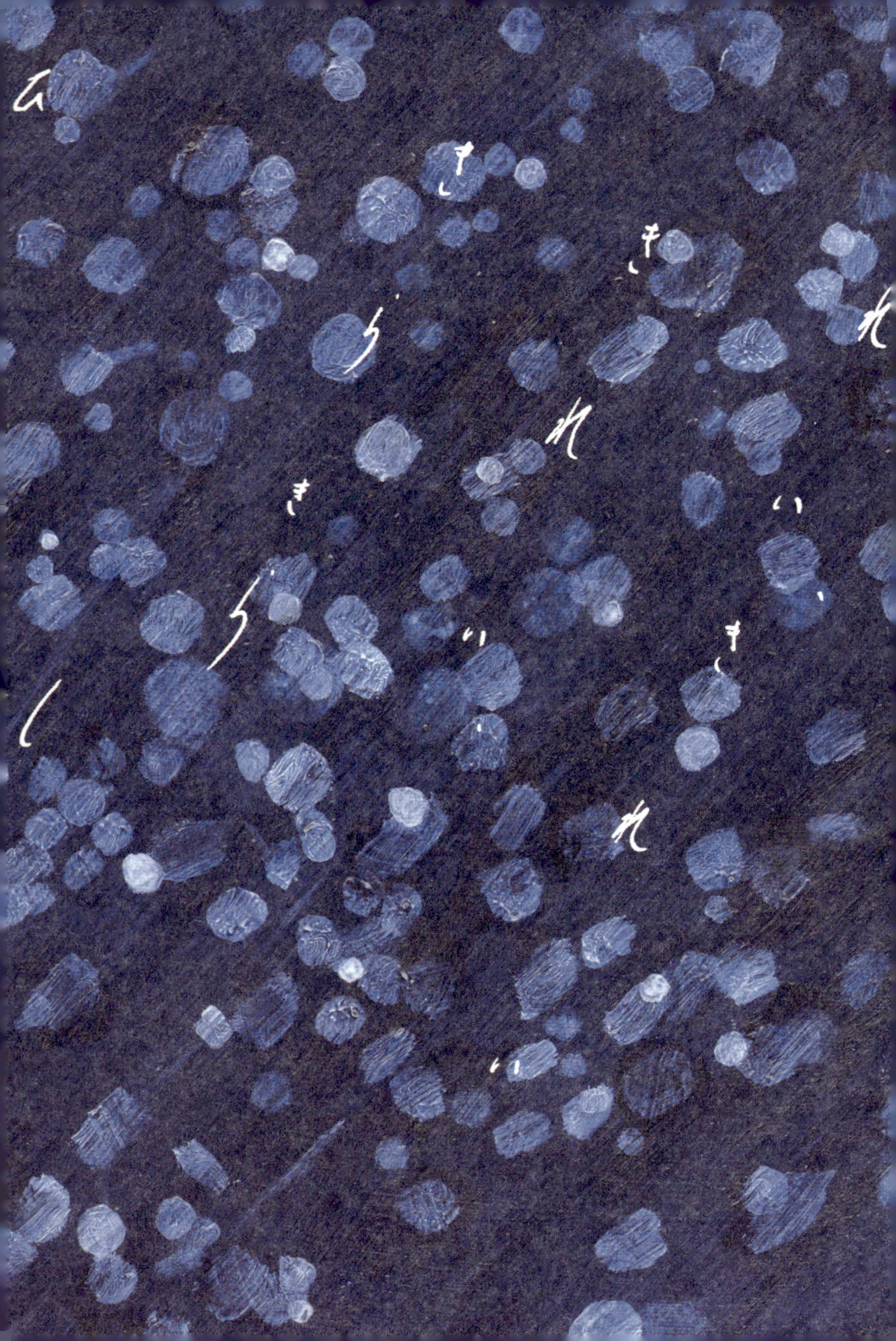

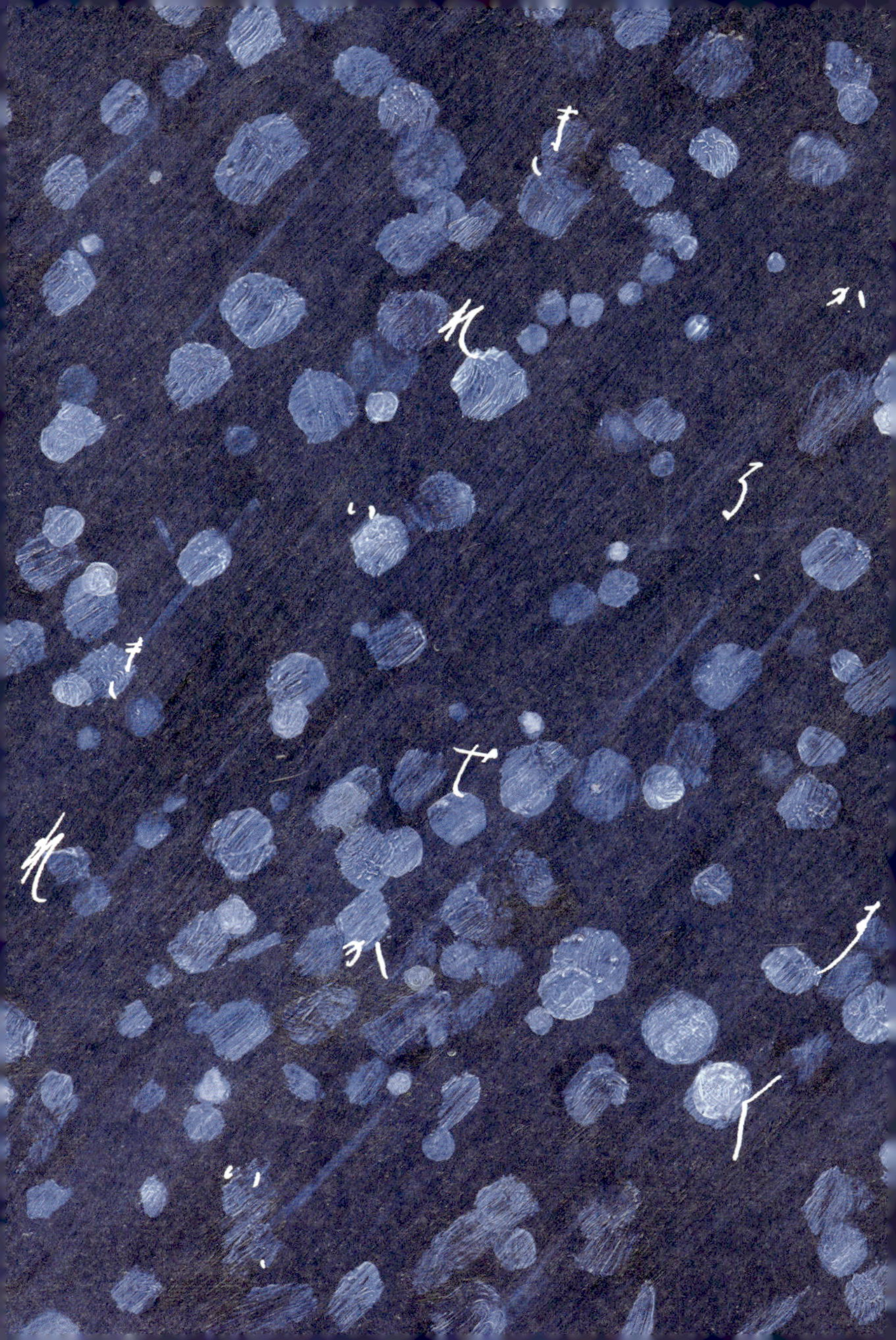

るよ、と僕は雨に言う。雨はもう僕の知らない言葉は喋らない。知っている言葉、知っている感情、目新しいものは何もないのに、僕は眠れない。とうとうと降る雨の声の中に一人。

夏休み、予定のない僕はバイトをひとつ増やした。倉庫から倉庫へと荷物を移動させるだけの仕事を終え、シャワーを浴びて自転車で夕方のバイトへと向かう。

ぱちっと頬に水滴があたった。「あめ！」とお馴染みの声が元気に響く。声の勢いから予測していた通り、にわか雨は激しかった。シャッターの下りた商店の軒先に自転車を停める。あめめめめめめ、とどしゃ降りが叫ぶ。

晴れているのに、降っている。眩しくて、奇妙な天気。

夏に雨が浮かれている。

ふと、隣に先客がいるのに気づく。青いワンピースを着た女の子だった。うっすら口をひらき、空を見上げている。まっすぐな横顔。目が逸らせなくなって見つめていると、女の子の唇が震えた。「てんきあめ」と唇がなぞる。

「てんきあめ」

僕が繰り返すと、はっとこちらを見た。額に前髪を張りつかせて、照れたように笑う。

その瞬間、雨粒が発光した。歓喜がりんりんとこだまする。

——きれい、きれい、きれい、きらきら、しずく、ひかる、きれい、せかい、きれい……

言葉と世界が輝いていた。知らない感情が流れ込んでくる。雨足と心臓の音が速くなる。

青いワンピースの裾が揺れた。女の子が空を指す。目を遣って、「虹」と声がかぶる。泡立つように一緒に笑う。

この子と夜を過ごしたい。雨の夜を。
雨音にひそむ君の声を聴きたいと思った。

第五夜

しじまの園

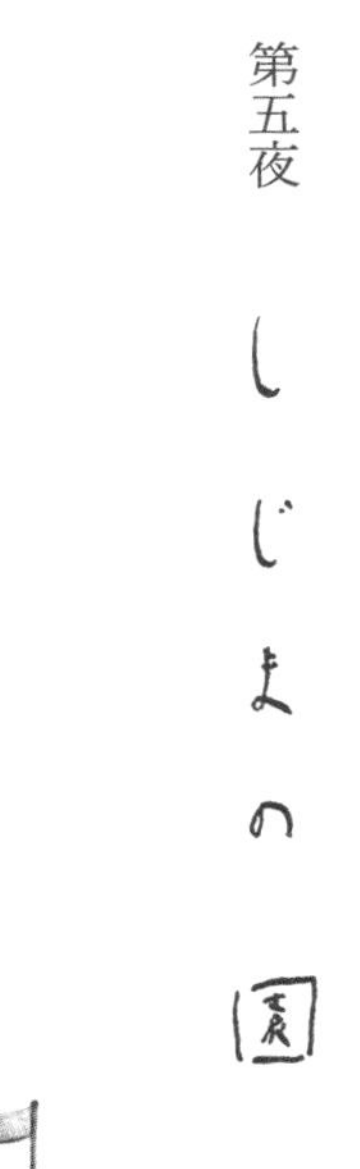

眠れない夜は、ここに来るといいですよ。

ええ、わたくし以外、誰もおりません。この遊園地も眠っていますし、わたくしは守衛ではありませんからね、時間外だの入園料だのと小煩(こうるさ)いことは申しませんよ。

ただ、危ないですから遊具には触れないでくださいね。遊具といっても公園の鉄棒や滑り台とはわけが違いますから。そう、遊具を囲む柵の中には入らないようお願い申し上げます。お静かに園内を散歩されるだけなら、時折訪れる野良猫のようなものだと目をつぶって差し上げます。

肝試しか何かなのでしょうか、若者たちが入り込むこともありますが、わたくしが話しかけると、それはもうすごい声をあげて逃げていきますね。騒々しいのは困ります。

あなたのような人は稀にいらっしゃいますね。目の下にくまをおつくりになって、眠りたいのに眠れない方が。いいのですよ、そういう晩はここで過ごしても。音楽は流れていませんが、月明かりの遊園地も美しいものでしょう。

わたくし？

わたくしは……そうですね、便利屋とでも申しましょうか。この遊園地は、わたくしと同じで年寄りですからね、あちこちガタがきていましてね。もちろん、安全面は保証されておりますよ。専門の整備士の方が点検されていますから。でなくては、人をね、回したり、落としたり、なんてできないでしょう。

申し訳ありません、つい恐ろしい言い方をしてしまって。実はわたくし自身が苦手なのです。どの遊具も、わたくしにとっては怪獣の背に乗るようなものでして。ここのジェットコースターは木造の、ささやかなものですが、それでも非常な速さで走りますからね、わたくしは若い時分に乗って腰が立たなくなりまして、それっきりですよ。ええ、臆病者なのです。ですので、話を変えましょう。知っています？　ジェットコースターは炭鉱車から発案されたそうで、ですから待合にツルハシやシャベルなんかが飾ってあるのですよ。あれ、わたくしの発案です。

そんなように細々としたことをやっております。回転木馬の耳が取れればくっつけて、ティーカップの縁が擦り減ればヤスリをかけてペンキを塗りなおす。チケット売場の看板を作ったのもわたくしですね。電球替えも、柵の補強も、園のことならなんでも致します。

園の者は「営繕（えいぜん）さん」と呼んでくれますが、建築などかじってもいませんからね、そんな大層な者ではありません。わたくしの前任者は、「営繕さん、営繕さん」と呼ばれる度に「俺がいなきゃなんもならねえのよ」と鼻の穴を膨らませておりましたが、わたくしは修理に呼ばれることは恥だと思っております。

ここは小さいなりに夢の場所ですから。ほころびがあってはなりません。直していることころをお客様に見られてもいけません。誰かに気付かれる前に直す。遊具に付着した手垢や機械油を拭き取り、塗料が剝げかけた箇所に色を施し、常に新品のように整えます。特に、中央のシノワズリ風の東屋（あずまや）、あそこがなんとも手がかかります。彫りの入った支柱も、天井近くのステンドグラスも、たびたび手を入れていますが、そうと悟られないように古いものと色を合わせるのが、なかなか骨が折れるのです。特にこんな夜では。小さな違和感がここでは命取りなのです。お客様を夢から覚めさせてしまいます。

浮きかけた床板を張り替え、歩道のひびをモルタルで埋めるのも大切な仕事ですね。小さなお子様がつまずくといけませんから。小さい人の目線で園内をぐるりと見まわるのも忘れてはなりません。するとね、掃除の者が見落とした物にも気付けるのですよ。人形の靴とか、ビーズを連ねた指輪とかね。ああ、そうですか、あなたも子供の頃に落とし物をされましたか。虹色のビー玉ですか。見つかったでしょう？　ええ、それは良かった。ビー玉は何個も拾った覚えがありますからね。

ここでは、誰もが日常の心配事を忘れて、楽しんでいただきたいのです。ですから、わたくしは影でいたい。日暮れ前、夕陽で笑顔を輝かせて帰っていくお客様と入れ違いに園に入ります。ずだ袋一杯に工具を詰めていても、誰もわたくしには気付きません。お客様の目にはわたくしの姿は映りません。そう心がけておりますから。最近は園の者にも声をかけられなくなりました。

人がいなくなった園は静かです。掃除は行き届いているので、ポップコーン一粒たりとも落ちていません。わたくしは園をくまなく歩き、遊具のひとつひとつに手を触れます。遊具からは砂糖が焦げたような甘い香りがします。傷んだ場所を直していると、かすかに人々の歓声が聞こえてきます。遊具に残る記憶でしょうか。ぱちぱちと火花のように夜闇に散ります。それが、なんとも良

いものでしてね、遊具たちが愛おしくなります。

昼間は人を乗せ意気揚々と回ったり走ったりする遊具たちですが、夜はひどく従順にわたくしに身を委ねます。自分で自分を直せない彼らは、わたくしの手が頼りなのです。昼の遊園地を楽しむことができないわたくしですが、夜は誰より彼らと親しくなります。少しでも長く、彼らの時間を止められたらいいのですが。

もう止まっている？　どういうことでしょうか。

とっくの昔に廃園になっている、ですって？　まさか、冗談を言ってはいけません。回転木馬もティーカップも観覧車もまだまだ動きますよ。ジェットコースターも回転ブランコも元気いっぱいです。東屋のベンチも軋むものはひとつもありません。遊具が皆、月の光を吸ったように輝いているのが見えるでしょう。わたくしが毎夜、磨き上げていますから。

遊園地を囲むフェンスが蔦だらけ、ですって？　鉄条網もすっかり錆びているのですか。申し訳ありません。わたくしは外のことは存じ上げませんので。もう、ずっと前からここに居るものですから。この夜の遊園地に。

いつから？　そういえば、いつからここにいるのでしょう。

ずっと、ずっと、昔からということはわかるのですが、不思議ですね、日付が思いだせません。園の夜は果てしなく長いものでして。

はて、最後に太陽を見たのはいつだったでしょうか。

第六夜

木守柿

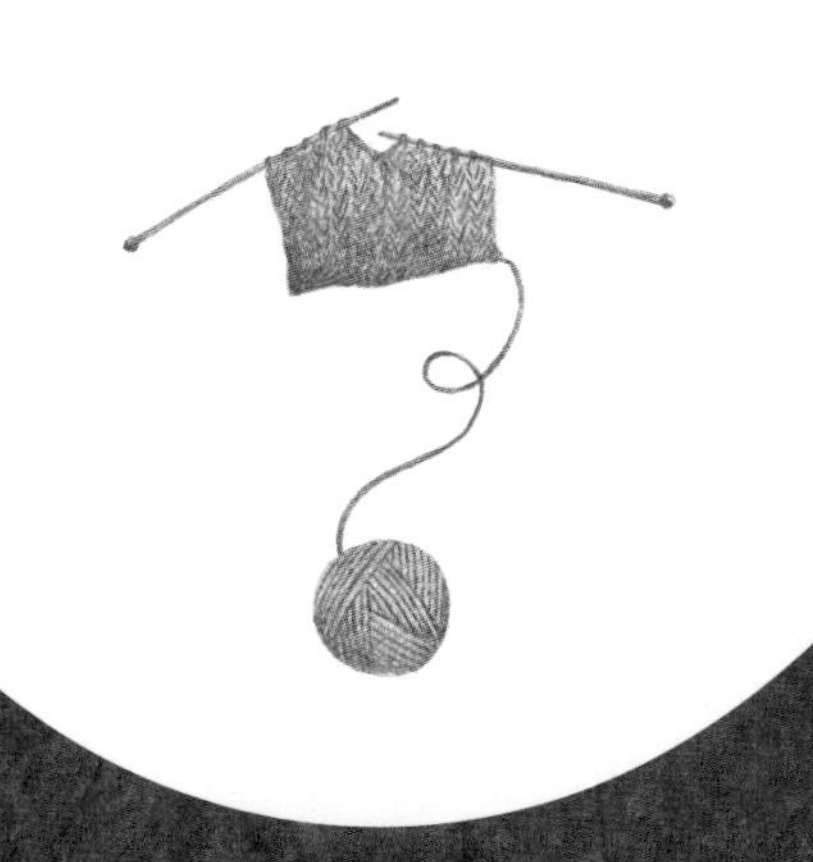

眠れない夜は、お腹のなかからやってきます。お腹のなかには夜も昼もないのでしょうか。夜が深くなっても、わたしのなかの小さなひとがもぞもぞと動き続けていると、わたしも一緒に眠れなくなってしまいます。

起きあがり、部屋をうんとあたたかくして、毛糸玉の入った籠を抱えてソファに座ります。仕事がら、眠りの浅いあなたもやってきます。大きなあなたが腰かけるとソファは波のようにたわんで、籠の毛糸玉が揺れました。

あったかい色だね。

あなたはあくびまじりに言います。

これは、柿色。

わたしがそう言うと、あなたは笑います。

柿色ってなに、おばあちゃんみたい。オレンジ色でしょう。

いいえ、違います。これは、柿色。オレンジ色と同じ、黄と赤のあいだの色ですが、切れば甘酸っぱいしぶきが散るようなオレンジ色とは違います。秋の日差しをあびて、とろりと熟した甘い色をしているでしょう。

わたしは編み棒を動かしながら答えます。あなたはまた笑いました。わたしのしかつめらしい物言いを、あなたが好ましく思っているのは知っています。

あなたの笑い声が楽しいのか、わたしのお腹のなかがぐぐと動きます。わたしの膝から、毛糸の玉が落ちました。柿色の線を描いて、青い絨毯の上を転がっていきます。

あなたは片手で毛糸玉を摑むと、わたしの膝に戻して、そっとお腹を撫でました。わたしと、わたしのなかの小さなひとに、手の温もりが伝わります。

ふと、祖父も、こんな大きな温かい手をしていたことを思いだしました。

四つか五つのころでしょうか。わたしは祖父母のもとにひとり、預けられました。

幼いなりに両親が不仲であるのはわかっていました。けれど、父と母のあいだを取り持つことも、よそにやられるのは嫌だと訴えることも、できない子でした。

祖父母の平屋は古く、暗い廊下は果てしなく長く、水の流れないトイレの穴は深くて恐ろしいものでした。わたしは布団が重いと泣き、天井の木目が動いたと怯え、祖父母を困らせました。優しい祖父母でしたが、日が昇るとそそくさと畑にでてしまいます。畑は虫がいるからいきたくない。でも、大きなおうちにひとりは怖い。迷ったすえ、人形を抱いたまま畑へ走っていくと、働き者のふたりは真っ黒に日焼けした顔で笑ってむかえてくれました。

畑のそばで食べるおにぎりはびっくりするほどおいしいものでした。三時のおやつは祖母の作った干し柿。祖母はわたしが食べやすいように蒸しパンに入れたり、ホットケーキにしたりしてくれました。嚙めば嚙むほど甘い干し柿でした。

祖母の干し柿は町では有名で、けれど、売りものにするでもなく、請われると誰かれとなくあげていました。家のかたわらには屋根をすっぽりと覆うほどに枝をひろげた柿の木があり、実が色づくと祖父は木に登り、背中の籠をいっぱいにします。

けれど、すべては採りません。「まだ、ある。あっちもオレンジ色になってる」と指すと、祖父はわたしの頭を撫でました。

「あれは鳥さんの分ですよ。ひとりじめはいけません。そして、オレンジ色はオレンジの色、これは柿色ですよ。よく見てごらんなさい、違うでしょう」

幼い孫に対しても丁寧に話す人でした。わたしは祖父の手の中の柿を見つめました。皮がぴかぴかと輝き、深く鮮やかな夕陽のような色をしています。「柿色」と、わたしはつぶやきました。

鳥が食べても、柿は残りました。色づいた山の葉が落ちても、ぽつんぽつんと灯るように枝にある柿を、祖父は「木守柿」と呼びました。日差しを照りかえす柿の実は、町で迷子になったときの目印でした。「ただいま」とわたしは柿に声をかけるようになりました。

ある日、母が迎えにきました。母のもとで暮らしていると、今度は父が迎えにきました。母のそばには知らない男の人がいて、父のそばには知らない女の人がいました。みんな優しく、甘い声でわたしに話しかけ、たくさんのプレゼントをくれました。わたしが母と父の家をいったりきたりして過ごしていると、祖父がやってきました。祖父は父と母を前に言いました。

「お前たちは欲しがりすぎる」

祖父の怒った顔を見たのはこの一度きりでした。

わたしはまた祖父母との静かな暮らしに戻りました。

けれど、わたしが祖父母と過ごした時間はそう長くはありませんでした。小学校の終わりに祖母が入院してしまいました。干し柿を作る人がいなくなり、たわわに実った柿で枝がしなりました。熟れた柿が屋根に落ちて潰れる音で、夜中にいくども目を覚ましました。

高校は、母と母の新しい恋人の家から通いました。祖父は祖母とともに施設に入り、大きな平屋は古民家カフェになり、柿の木は伐られてしまったと聞きました。もう祖父母はいません。


二年前、不思議なことがありました。

暗い、暗い、闇の中にいました。指先さえ見えない、山の夜だと気づきました。先に光るものがあります。つやつやと鮮やかな色を放っています。柿でした。柿の実がひとつだけ、闇から突きでた枝に下がっています。まるで灯（ともしび）のように。

木守柿。

呼びかけた瞬間、とつん、と夢が途切れました。焦げ臭い。飛び起きると、小さな部屋は煙でいっぱいでした。アパートは全焼しましたが、わたしはなんとか逃げられました。下の階の、煙草の不始末が原因でした。そのときに、救助にきてくれたのがあなたです。

あなたの防火服を見たとき、「柿色」とわたしは思いました。あなたはきっとオレンジ色だと言うのでしょうけど。

呼び名はなんでもいいのです。

けれど、わたしを守るのは、夕陽を照りかえす、あの柿の実の色なのです。

温かく、穏やかな記憶とともに、いまも胸を染めています。
木守柿の加護が、いとけなき子にもありますように。
夜長に、柿色の糸を、ひとめ、ひとめ編みながら祈ります。

第七夜

夜の王

眠れない夜は、おれのもの。

家の者共が眠ってしまえば、ここはおれの王国。おれはふかふかの寝床を抜けだして、まずは、ひと伸び。電気が消えていてもへっちゃらさ。おれの耳と鼻は家の誰よりも優れているからな。

チャッ、チャッ、チャッ。

静かな居間に、おれの爪音が素敵に響く。おれは頭をあげて胸を張り、きりりと尾を巻いて、威厳を持って歩く。家の者がいると、つい頭を下げ、耳を伏せ、だらしなく尻と尾を振ってしまうが、今はおれがこの家の王だ。おれを咎める者はいない。ソファの下に転がっている坊ちゃんのプラモデルを咬んでバラバラにしても、酔って帰ってきたパパさんが床に放り投げた仕事鞄の中をあさっても叱られない。パパさんの鞄からひっぱりだしたマスクと革の財布をくちゃくちゃに味わって、紙の束を振りまわして床に散らす。その上でごろごろと転がる。とてもいい気分だ。ソファの上を駆けて、テーブルに飛び乗る。台所へだっていける。おれを入らせないようにするプラスチックの柵があるけれど、もうおれは仔犬じゃない。立派な牙が生えているし、からだも大きくなった。こんな柵、牙で咬み砕くことも、体当たりで破壊することも容易(たやす)い。しかし、家の者を怖がらせてはいけないからな、そんな凶暴な行動はしない。家の者共は皆、毛のない軟(やわ)なからだをしていて、動きは遅く、骨も噛めないくらい歯も顎も弱いから、おれの牙と吠え声は悪い奴から彼らを守るために使わなくてはいけない。数歩下がって、助走をつけて跳んだら、ほら簡単。かすりもせずに柵を越えられたぜ。

台所はいいにおいでいっぱいだ。朝昼晩とママさんが料理をしているから、家の者共の食事のにおいが何層にもなって残っていて、嗅いでいるだけでよだれがでてしまう。冷蔵庫を開けられないのが悔しいが、魅力的なものはたくさんある。流しの下の油ポットを舐める。ゴミ箱の中をあさって坊ちゃんの食べ残しを平らげる。炊飯器の横に食パンを見つけ、ビニール袋を裂いてふかふかの生地を頬張る。果物籠の中のバナナを齧ったところで、おれは気づいた。外のにおいがひとすじ、流れていることに。

勝手口の戸がうすく開いていた。真夜中の植物のにおいがする。戸の隙間に鼻先を突っ込むと、キイと鳴って大きく開いた。

忍び足で外へ出る。おれは育ちのいい犬だから、リードをつけずに外出したことはないのだ。ママさんの家庭菜園の、湿った土が肉球に触れる。たまらなくなって掘ってしまう。前脚で土をはね飛ばし、鼻面を汚して、掘りに掘った。そのまま勢いにのって、門を越えて通りへと走りでた。どんどん駆ける。夜空のように黒いアスファルトを蹴ると、チッチッチッと音が弾ける。通りには誰もいない。この夜はおれだけのもの。

わおう、わおう。

通りに響くおれのこえ。すごくかっこいい。おれは自由だ。

立ちどまり、丸い月に向かって遠吠えをする。おれみたいに古い血が流れている種の犬たちがあちこちの家から反応する。自由だ、と叫ぶと、高揚が伝わったのか、ますます熱心に遠吠えが返ってきた。

背後の家の電気が点き、窓が開く音がした。おれは電信柱の陰に隠れた。

「やけに犬が騒ぐな」

不機嫌そうな声が響く。窓が閉まるのを待って、走り去った。

いつもの散歩コースをたったっと小走りでいく。ときどき野良猫たちを追いかけながら。あいつらときたら、おれが家の者といる時は小馬鹿にして、リードが届かないぎりぎりの距離で挑発してくるくせに、おれが自由だと知ると尾をぽんぽんに膨らませて逃げていった。坊ちゃんが遊んでいたスーパーボールみたいな速さだったな。ふん、ざまあみろ。

「アン！」と甲高い鳴き声がして、白い綿毛のようなスピッツのマリがガラス窓に手をついておれを見ていた。いつもはお高くとまっているのに今夜は羨ましそうだ。いいだろ、と鼻を鳴らして、軽く尻尾を振ってやる。

散歩の途中で寄る公園は静かだった。会うとプロレスやかけっこをして遊ぶ、ポインターのエンドとゴールデンレトリーバーのラッキーがいない。カートに乗ってやってくる、いけすかないトイプードル兄弟もいない。酒と脂のにおいがぷんぷんする男がひとり、ベンチに横たわっているだけ。あったかくて、いい夜だが、人間には毛がないからな、寒いだろう。公園前のゴミ捨て場に積まれていた新聞紙を咥えて持っていき、かけてやる。男は「ごめん、ごめんって」と粘っこい口調で眠ったまま言った。仕事が忙しい時のパパさんからする、濃いにおいがした。ストレス臭ってやつだ。人間は大変だな。

コロじいさんの家へと向かう。コロじいさんはこの町一番の長寿だ。老体なのに、雪の日でも外にいる。門柱の傍の小屋から、すっかり白くなった鼻面をだして、家に怪しい奴が近づかないか注視ならぬ注嗅している。見あげたものだ。おれと同じ犬種らしいので、大変誇らしい。

「マロン、さきほどの遠吠えはお前さんか」

おれが挨拶をする前にコロじいさんはのそりと小屋からあらわれた。

「じいさん、まだ耄碌(もうろく)してないみたいだな。だが、その名は呼ばないでくれ」

「若造が、粋がりおって。脱走したのか。やめろ、やめろ、自由なぞいいもんじゃない。野良なんて、とんと見かけなくなっただろ。捕まって保健所行きが関の山だぞ」

コロじいさんは耳の裏を後ろ足で掻いた。太い鎖が耳障りに鳴った。

「リード無しで自由に走るのは悪くないぜ。じいさんもどうだい。若い頃は首輪抜けをよくしたもんだって言ってたじゃないか」

「ああ、そうだな」と、コロじいさんは濁ってきた眼をしぱしぱさせながら言った。

「でも、そのたび、うちの娘っ子が泣いたからなあ。今日はな、その娘がさ、赤ん坊連れて帰ってきてんのよ。柄にもなく嬉しくてな、眠れねえのさ」

おれは、はっとなった。

嬢ちゃん。

ぴかぴか光るランドセルを背負って学校へ通いだすようになった嬢ちゃん。坊ちゃんがよく泣く赤ん坊だったから、いつしかママさんとパパさんに甘えるのを我慢するようになったけど、夜中に目を覚ましてひとりでしくしく泣く子なんだ。本当はさみしがりの嬢ちゃん。そんな時は、おれがぺろりとひと舐め。すると、嬢ちゃんは笑って、おれの首に抱きついてくる。

ああ、嬢ちゃん。おれには流せない涙で濡れたつるつるの頬はひんやりしている。嬢ちゃんのにおい、大好きだ。大好き、大好き、という想いでからだがいっぱいになるにおい。嬢ちゃんのにおいを嗅ぐと、力がみなぎってくる。

「じいさん、すまない。おれはいく」

わかっとるよ、というように、コロじいさんは尾をひと振りした。

嬢ちゃんが夜に目を覚ましたら、おれがいてやらないといけない。

夜の王は一目散に小さな姫の騎士に戻るぜ。

第八夜

繡(うつく)しい夜

眠れない夜は、すぐそばにがきているのだと云う。

は夜に棲まう精霊だ。暗くなってからその名を口にしてはいけないとされているので、わたしたちは「漆黒の者」とか「闇の眼」とか呼ぶ。は獣の姿で人前にあらわれることもあると伝えられているせいか、「黒く濡れた牙」と呼ぶ人もいる。暗闇に獣の遠吠えが響くと、おとなたちは「ほら、すぐそこに」と幼い子たちに囁く。その小さな声には恐ろしさと禁忌の震えがこもっている。怒鳴られるより、叱られるより、なぜだか恐ろしくおもえ、「こわい、こわい」と子等は見えないに怯えながら寝具にくるまる。

わたしたちにはの姿は見えないのに、はわたしたちのすべてを知っている。闇の眼はなんでもお見通しで、夜が更けても眠らずにいる人に良からぬことを吹き込んだり、よこしまな心を植えつけたりする。誰かを執拗に妬んだり、憎んだりする人は、夜の深いところでに触れてしまったのだと云われる。

けれど、[illegible]は悪いばかりの精霊ではない。植物を芽吹かせ、虫や動物に子を授け、暗闇で命を育む。眠る者の傷や病を癒す。眠っているうちに息をひきとると、「闇に愛された者」と墓に刻まれる。その命の終わりは安らかなのだと、婆は夢に酔うような顔で語る。その婆の手元はいつも忙しく動いていた。ひとたび火のまわりに座れば、飲み食いして寝てしまう男たちと違い、女たちは暖をとりながらも赤子をあやしたり、繕いものをしたり、革をなめしたり、豆や穀物をよりわけたりと、手を動かしつづける。

わたしも夜、手を動かす。針に糸を通して布に刺し、わたしを取り巻く世界を描く。春の芽吹き、小さな花、甘い果実、麦の穂、祖父の鷹、べえべえと鳴く羊たち、肥えた兎、草の波、雲のうねり。それらを模様にして、襟に、裾に、外衣に、前掛けに、施す。静かな闇に包まれて、糸が布をすべる音だけに耳を澄まし、針を刺す、繍しい夜。

わたしの刺繍は人気があり、村の人からよく求められる。旅の人が欲しがることもある。父が交渉をし、わたしは新しい糸を買ってもらえる。高値で売れると、金糸や銀糸をもらえる。それらは、太陽や星や獣の目を刺繍できる特別な糸だ。

でも、わたしがいっとう好きな模様は、三つ編みと馬だ。三つ編みは母に教えてもらった。まだ馬に乗れない頃は母に三つ編みをしてもらっていたけれど、もう自分で編める。わたしは細い細い三つ編みを無数につくる。わたしの馬のたてがみも細く細く編む。わたしの馬の名は「颪」という。わたしたちは家族にわたしたちのまわりの強い力を持つものの名をつける。その力を授かれるように。颪は見えないので颪の刺繍はできないけれど、駆ける「颪」の姿はわたしの針で描くことができる。

風に乗って草の原を駆けると、たくさんの麦の穂のような三つ編みが、踊るように背中で跳ねる。風のたてがみの三つ編みも踊る。わたしのいちばん好きな時間。

昔は馬に乗って狩りをしていたのだと婆は言う。わたしたち一族は獣を追って旅をして生きていた。草の原をどこまでも。けれど、よそからきた一族が獣の道のひとつに住みつき、他の一族が自分たちの土地に入ることも通ることも嫌がるようになった。そこで、わたしたち一族も家畜を飼い、ひとところに住むことにしたと云う。けれど、男たちは時折、人の住めない山へ獣を狩りにいく。獣の毛皮や角や牙は男たちの身を飾る衣装になり、肉や内臓はみんなにふるまわれる。

ある日、風にまたがって羊を追っていると旅人がやってきた。旅人はわたしたちの言葉で挨拶をした。もう日も暮れそうだったので、わたしは旅人を村に連れ帰った。旅人は馬に乗れなかったので、わたしは風をひいて旅人と歩いた。旅人はわたしたちの村では誰も持っていない「メガネ」をかけていて、薄く透明な水晶のようなそれが水面のように夕陽に輝くのが落ち着かなかった。

村の者は旅人がやってくると親切にもてなす。はるか昔、自分たちの祖先が旅をする一族だったから。旅人の衣には刺繍がなく、老人たちは「加護のない者」と憐れんで優しくした。

旅人は商人ではないようだった。わたしたちから布や毛皮を買うことはなく、自分の首から下げた黒い金属の塊をあちこちに向けカシャリカシャリと刃物を研ぐような音をたてた。なにをしているのか問うと、「サツエイ」と答えた。わからなかった。「キロクしている」と旅人は言い、わたしが首を傾げると紙の束とペンを取りだした。それらは時々、父がわたしの刺繍と交換してきてくれるので知っていた。「遺すこと」と言われ、それはわかった。

「このままの姿を遺せる」と、旅人は空を切り取るように両手で四角をつくって言った。「魔法みたい」と言うと、鞄からつるつるした灰色の板のようなものをだして見せてきた。そこには小さくなったわたしたちの村があった。女たちが働くようすも、男たちが乳酒を勧めるようすも、あった。色もかたちもそのままに。ただ、平たくて、小さかった。ここに入ってしまったらなくなるのかと焦り、村を見まわしたがいつもと変わりない。「水に姿が映るだろう。そんなようなものだよ」と旅人は穏やかな口調で言った。「魔法みたい」とわたしはもう一度言った。「わたしもキロクしている」と前掛けの裾を見せた。昨夜、羊の乳を搾る女たちを刺繡したところだった。「ああ、そう、これもキロク。世界を映しとること。でもシャシンよりずっと美しいね」と旅人は笑った。けれど、わたしの刺繡を欲しがりはしなかった。

旅人はしばらく村にとどまるつもりのようだった。村の外れに自分のテントを張り、わたしたちの仕事を手伝いながら過ごしていた。魔法の板が気になって、旅人が休んでいる姿を見かけると声をかけた。旅人はいろいろなものを見せてくれた。見たこともない花、見たこともない衣、見たこともない村、見たこともない人たちや暮らしがあった。ウミという湖よりずっとずっと大きい水面も見せてくれた。その水は塩の味がするという。世界はたくさんあるのだと知った。

あるとき、旅人は言った。「君たちがずっとこのままだといいのに」草の原に寝転び、空を眺めていた。わたしは走り終えた風の熱い体を布で拭いていた。旅人に馬の乗り方を教えているところだった。

「わたしたちはずっとこのまま。土地が痩せたら羊を連れて移るけど、土地が肥えたらまた戻ってくる。そのくりかえし」

「君たちのように暮らす民はもう少ないんだ。ハクガイされてしまった」

「ハクガイ？」と聞き返すと、「追いだされること」と旅人は言った。「いや、追いだされるだけではない。生活や命が脅かされる。憎しみが生まれ、争いになってたくさん人が死ぬ。そうなって欲しくない」と暗い声でつづけた。

「わたしたちは狩り以外の殺しはしない」

「でも、そうなるんだ。そういうレキシがいっぱいある」

今も、このチキュウの裏側ではセンソウが起きている。裏側は夜だ。そう言って見せられたシャシンは、まっすぐな雷がたくさん夜空を裂いていた。赤い火も見える。

「この光は人を殺す光」と言いながら旅人は魔法の板に触れる。「人がつくった光」

灰色の岩山の中、頭に布を巻いた女が幼子を腕に座り込んでいる。彼女の布も子の腕も血で汚れていた。だらりとした、力の入らなくなった小さな腕。死んだ生き物の重みが見てとれた。

「この岩山はどこ？」

「岩山？　これは岩じゃない。壊された家や街だよ。この国の建物は石でできているんだ」

また旅人が魔法の板に触れる。草の一本もない焼けた土に人の死体がならんでいる。生きている人の顔は煤で黒く、目は穴のように虚ろだった。

「なにが起きたの？」

「これがセンソウ。人が人を殺すんだ」

「どうして。こんな、ひどいこと。小さな子まで」

怖くて、叫ぶように言った。旅人は答えてはくれなかった。

その日から旅人は恐ろしいものを魔法の板に映すようになった。ひび割れた地面を見せてきて「海の向こうの国でジシンが起きた」と言う。

「ジシン？」

「地面が震えるんだ。君たちのようなテントではなく、高い高い建物がある国だから崩れてたくさんの人が下敷きになった」

「どうなるの？」と聞くと、「馬の下敷きになった者はどうなる」と旅人はわたしの目を見つめた。魔法の板の中にはおびただしい死があった。燃える大きな建物、飢える子供たち、銃を突きつけられる女、腕や脚を失った男、弔う者のいない亡骸(なきがら)が破壊された灰色の街に転がっている。美しいものを見せてと頼んでも、旅人は「同じだよ」と首を振る。「美しいものがあるように、人の死も、今、起きていることだよ」

「知らなくてはいけない」と旅人は言う。「世界のことを知らなくては、君たちも同じことになる」

世界はここにある。わたしの世界はここだ。でも、世界はつながっている。わたしが風と駆ける緑の原のずっとずっと先に死と暴力の世界があるのだと、旅人は言う。彼が嘘を言っていないのはわかる。


「この刺繍はなんだい」

皺におおわれた目をもっと皺だらけにして婆が言った。

「死のにおいがするよ」

わたしは刺繍に色をつけられなくなった。白い糸で、旅人が見せてくれた世界を描く。いや、あの魔法の板が映してくれなかったものを。砕かれた痛みを。えぐられた痛みを。ちぎられた痛みを。燃やされた痛みを。潰された痛みを。悲鳴を。嘆きを。懇願を。悲しみを。憎しみを。絶望を。想像して、針で布を突き刺す。布を白い糸で埋める。色のない、死の世界。

「[illegible]の言葉を聞いたね。あの旅人は[illegible]の化身だね」

婆は影とともに立ちあがり、乳酒で頬を赤くした村長の耳に囁いた。

次の日、旅人はテントをたたんで村を出ていった。わたしは[illegible]が嫌うとされる香り草を体中にこすりつけられた。

旅人に別れは伝えられなかった。わたしは彼の衣に加護の刺繍を施したかったが、会うことも見送りも禁じられた。旅人がいなくなって数日後、風のたてがみの三つ編みが一房、切られていることに気づいた。風が彼にそれを許したのなら、わたしはなにも言うことはない。

旅人がいなくなっても、目にしたものは消えない。もう繡しい夜は戻ってこない。針と糸を手に取っても、わたしは世界を描けない。ここではないどこかの痛みを知ってしまったから。今もどこかで誰かが痛みにさらされているだろうから。

闇に目を凝らす。魔法の板はないけれど、夜は無数の痛みをよみがえらせる。夜にあるのは、見えない恐ろしさではなく、見ようとしてしまう恐ろしさ。

わたしは叫ぶ。どうか、わたしを罰してください。この世に無数にある痛みをほんのすこし、わたしに与えてください。眠れないのです。痛くもないのに痛い夜にほんとうの痛みをください。

目をとじる。はやってこない。

第九夜

寝息

眠れない夜は、君の呼吸に耳をすます。

君の寝つきは昔から良かった。いささか、良すぎるくらいだ。君はいつだって私より早く寝てしまって、今じゃ息をしているのか気になって私はますます眠れなくなってしまう。

「あなた、それ齢のせいよ」

きっと君は、そう言って笑うのだ。二つしか変わらないというのに。

私の寝つきの悪さは幼少の頃からだ。君の呼吸に耳をすますのも、今にはじまったことではない。君を産んだ母親よりはるかに長い時間、私は眠る君を眺めている自負がある。

君の規則正しい呼吸は、もはや懐かしいリズムだ。それは子守歌のように私を眠りに誘うこともあったが、今は違う。

もちろん耳障りなはずなどない。呼吸は生きている君のあかし。君が眠っていても酸素を取り入れ、小さな身体の隅々まで血をめぐらせ、君の命を維持してくれている頼もしい音だ。

けれど、いつからだろう。この音が、砂時計の中を落ちていく砂の一粒一粒のように思われるようになってしまったのは。

眠る君の生え際に、一筋の白髪を見つけてしまった時からかもしれない。すぐ傍の額は剝きたてのゆで玉子のようにつるりとして、豊かな髪は夜の海原のごとく艶やかなままだったのに。連れ添ってから随分と時が経ったのだと、はじめて気がついた瞬間だった。子供のいない私たちの生活は穏やかな単調さに満ちていて、変化などないものとばかり思っていた。自分も、相手も、老いていく。しかし、老いや衰えのあらわれかたは同じ生活をしていても違うという単純な事実を、それまで私はまったく意識せずに暮らしてきたのだ。

ただ、寝顔は変わっていない。ほとんどの髪が白くなってしまった今でさえも、君の寝顔は出会った頃のままだ。皺が増え、頰がこけ、肌からみずみずしさが失われても、不思議なことに君の寝顔は少女のようだ。うっすら笑みを浮かべて、蜂蜜色の空気をまとい、なんとも幸福そうに眠る。

――夜の底の黄金

そう喩えたことがある。うっかり口にでてしまったようで、「なんのことでしょう」と君に覗き込まれた。すぐに君は笑って「わかった。仕事の後のビールのことね」と自信ありげに言ったけれど、あれは不正解だ。

君の寝顔をはじめて見たのは、共に暮らしだした晩のことだった。こう書くと当たり前のようだが、布団を二枚敷くとそれだけでいっぱいになってしまう狭い社宅の奥の間に私が入った時には、君はもう眠っていた。声をかけても、軽く触れても、起きない。薄く笑みを浮かべて規則正しい寝息をたてている。

親戚を通じての縁談で、その時分はありふれた見合い結婚だったから、二人きりで話した時間もそう多くはなく、君の真意をはかりかねていた。初夜が嫌で狸寝入りをしているのではないか、と一瞬疑ったが、君の寝顔を見ているとそんな不安はかき消えてしまった。

君の眠りは見事だった。身体のどこにも力が入っておらず、深く、ゆったりと呼吸を刻み、眠りの海にたゆたっていた。こんなにも安らかな眠りがあるのかと、感心してしまったくらいだ。もし自分が教職に就いていて、こんなに幸福そうに眠る女学生がいたら、授業中であろうと叱るのをためらっただろうと思った。

一坪ほどの庭から鈴虫の声がしていた。静かな秋の夜だった。この夜が永遠でも、寝顔を見続けていられる気がした。

君が目を覚ましたのは薄青い夜明けで、隣で頬杖をついている私に気付くと目を丸くして、すぐに目を伏せて身を起こした。襟元をなおし、布団の上に正座して、俯いたまま小さな小さな声で言った。

「わたし、寝てしまったのですね」

それから君はさめざめと泣いた。声を殺して、肩を震わせながら。何の涙だったのか、君は言葉にしてはくれなかったから、いまだにわからないままだけれど、泣く君は弱々しく哀れで胸が痛くなった。泣く必要はない、と私は言った。これから何千、何万という夜を一緒に過ごすのだから。

君は涙で濡れた顔をあげ、柔らかく目を細めた。

「万はないでしょう」

そう言ったけれど、君と過ごした夜はとうに万を超えている。君は算数が苦手だったね。家計簿も苦労してつけていたのを知っているよ。

起きている君の涙を見たのは、あの時と子供が流れてしまった時だけだ。心臓がうまく育たず死んで産まれてしまったあの子のことを思いだすとつらいばかりだから、お互い口にせずにいたけれど、あの時は私も一人で泣いた。ひどく寒い夜だったのに、傍にいてやれなくて済まなかった。君の無防備な姿を見ると安心することを知っているのに、私自身は不甲斐ない姿を見せることに抵抗があった。屁の突っ張りにもならない強がりだ。

君は、眠っている時に泣いていることがあるのは知っているのだろうか。泣くといっても、嗚咽（おえつ）も声もない。目尻からすうっと涙が流れるだけだ。君の顔は変わらず微笑んでいるからほっとする。悲しい思い出の夢ではなくて、涙がこぼれるくらい幸福な夢をみている気がするから。夢の中で、あの子に会えているのかもしれない。

もう随分と長く眠っているけれど、そんなにも夢の中は居心地が良いのかね。君の身体にはたくさんの管が繋がれ、白いこの部屋には君の脈拍を刻む機械音が響き続けているけれど、君はまだ安らかな顔で眠っている。施設の人は優しくて、夜な夜な私が君の傍で起きていても咎めることはない。もう私も退職して、昼間に寝られるから問題はないのだ。この部屋は日当たりが良くて、君の呼吸音に耳をすませながらうたた寝をすると温泉に浸かっているように気持ちがいい。晴れた日は、窓の外に猫もくる。

時々、思う。私が眠る君を眺めているように、君も眠る私を眺める晩があったのだろうかと。私はどんな顔で眠るのか、鼾(いびき)はうるさくなかっただろうか、変な寝言を口にしてやいまいか。そんなことを尋ねる前に、君は事故に遭ってしまった。心配しなくていい、誰も死ななかった。君がかばった小学生も無事で、両親は今でもお見舞いにくる。ただ、頭を強く打った君の眠りが続いているだけだ。

私の寝顔をもし見ていた晩があったのなら、君が何を考えて、想っていたのかを知りたい。これは、そう思って書きはじめた、日記というには心許ない代

物だ。夜に、眠る君の傍でだけひらかれる。

夜の底の黄金よ、君の寝顔は本当に変わらないから、こんな静かな晩は永遠に続く夜に閉じ込められてしまったような心持ちになるのだ。幾千万を超える夜は繫がって、時間の感覚が奪われる。そんな時、こうしてペンをすべらせると、確かな現実の手応えを感じることができる。

もしも、私が長い眠りにつくことがあったら。その時、君が目覚めてしまって、眠れない夜を過ごすことになったら。この手帖をひらいて欲しい。長い夜の、せめてもの慰めに。

第十夜

仕舞いの儀式

眠れない夜は、どうやって過ごしていただろう。

段ボール箱だらけの部屋を見まわす。本棚は空っぽ、ごちゃごちゃと物がのっていた壁付けの棚も、テレビ台の上もなにもない。けれど、部屋がきれいになったわけではなく、茶色い段ボール箱がジャングルジムのように積みあがっている。段ボール箱の中には、私の生活が詰まっている。

梱包は朝までかかると思っていた。休みは今日と明日しかなくて、生活のすべてを段ボール箱に詰めて、運んで、また出すことを考えると、「不毛」の二文字しか浮かばなかった。どうして部屋ごと引っ越せないんだろう。なぜこんなに物を増やしてしまったんだろう。次は絶対にすっきりした暮らしをする。引っ越しのたびにぐちぐちした後悔をくり返している。

けれど、棚や引き出しを開けると、すぐ物の記憶に呑み込まれた。これは要る。ああ懐かしい。まだ着るかも。これは捨てられない。一応持っていって向こうで考えよう。手に取るたびに迷い、思い出に浸るうち、日が暮れた。スマホが鳴り、引っ越し業者から明日の朝九時の運び出しを告げられ、そこからはもう必死だった。ただ詰めるという作業をおこなう人形になって黙々と手を動かし、箱を積みあげた。

息を吐き、肩を揉みながら、狭いワンルームをぐるりとまわる。子供のころから引っ越しは多かったので慣れている。洗面所の下の棚や靴箱といった、部屋についた収納場所は空にして扉を開けたままにしている。カーテンは朝、布団袋に入れてしまえばいい。クローゼットの衣類は、引っ越し業者が持ってくるハンガーラックに入れるだけ。バッグや小物は海外旅行用のトランクの中に。冷凍庫は空にした。冷蔵庫の中身は引っ越し業者が来てから取りだす。といっても、食材はほとんどなく、調味料の大半が賞味期限切れだった。甜麵醬（テンメンジャン）もナンプラーも無駄に高いオリーブオイルも、私が買った物ではなかった。とうに古くなったそれらの中身を捨て、苦々しい気持ちで燃えないゴミの袋に瓶を入れた。

最後に、流しの下の扉裏を確認する。包丁立てにはなにもない。包丁は抜いて、新聞紙にくるんで「台所用品」の段ボールの中だ。一度、母が包丁を忘れてしまったことがある。新居の慣れない台所で青ざめていた母を覚えている。母のまわりには口の開いた段ボール箱が散乱していた。手伝いに来てくれていた祖母が出前の寿司をとってくれて、私も兄も大喜びだったけれど、父は「一家の台所をあずかる心構えがなっていない」と眉間に皺を寄せていた。

いま思えば、引っ越し当日に料理なんて、包丁があってもまっぴら御免だ。ウーバーやコンビニで充分じゃないか、とガムテープをどかして椅子に腰かけ、コンビニのおにぎりのフィルムを剝がす。もう一脚の椅子はずっと使っていない。雑誌やＤＭの束が積んであったが、いまは膨らんだゴミ袋がのっている。

脚で玄関のほうへ押しやる。

深夜三時半。壁かけの時計で確認して、はっとなり、時計を外す。まだ封をしていない「掃除道具」の段ボール箱に入れる。他にも忘れた物がないか気になり壁を見まわす。片付けハイとでもいうのだろうか、目が冴えている。さっさとシャワーを浴びて数時間でも寝たほうがいいのに、変な空腹感と高揚感で眠気が遠い。

ちらりと椅子の上のゴミ袋を見る。余った段ボール箱にあれを入れて送りつけてしまおうか。返ってきたとしても、私は明日からはもうここにはいない。

立ちあがり、送るなら手紙でもつけようと思ったが、便箋も封筒も小さなメッセージカードも段ボール箱の中だ。初任給でローンを組んで買った、お気に入りのテーブルもたたんでしまった。段ボール箱の山をテーブルにして書くほどの手紙ではない。やめた、とまた椅子に座る。

することがない。

テレビのリモコンすら片付けてしまったのだ。なにをするにも物が必要なのだとあらためて思う。自分の部屋なのに、段ボール箱でできた独房のようだ。

部屋は静かで、スマートフォンも静まりかえっている。会社からの連絡も、友人からのメッセージもない。ＳＮＳをひらけば、いつものように他人の日常が流れていく。段ボール箱に囲まれた非日常にいる私には、ひどく遠く感じられた。

こんな静かな夜がずっと欲しかった。持ち帰った仕事も、友人や家族へのメール返信も、家の掃除も、溜まった洗濯物も、なにもする必要のない静かなひとりきりの夜にしたいことはたくさんあった。生地をこねて発酵させ、フライパンでできるパンを真夜中に焼いてみたかった。辞書のように厚い、異国の神話を一息に読んでしまいたかった。しゅわしゅわと泡のたつスパークリングワインをあけて一晩中、古い映画を観たかった。数えあげたらきりがない。そして、別れたあいつに手紙を書きたかった。静かに、自分と、私たちのことを振りかえって。電話やメールだと、ぽんぽんと言葉をぶつけ合って喧嘩になってしまうから。

でも、いつだって、靴を揃える気にもならないほど疲れはてて帰宅して、雑にメイクを落として、湯船にも浸からずシャワーで済まし、髪も半乾きでベッドに倒れて泥のように眠る夜だった。朝は身支度でやっと。出勤すれば日が暮れるまで自分のことは考えられない。定時に帰れる日もなにかしら仕事は持ち帰っていた。土日は疲れはてて動けなかった。

明日、書こう。週末に書こう。今月中には。部屋のあちこちにあるあいつの痕跡を目に入れないようにして延ばしのばしするうちに一年が経ち、会社から異動と転勤が告げられた。半ば予想していたことだった。あいつも営業職だったからもう引っ越しているかもしれない。

捨てよう、と椅子の上のゴミ袋を摑む。重みの内容を知っている。寝巻き、ヨガマット、あいつのにおいのついたバスタオル、枕カバー、歯ブラシ、おっさんみたいと嫌った変な匂いのシェービングクリーム、お揃いのイヤーマグ、サッカー雑誌。着替えや下着の類は持っていったということは、これらはもう要らない物なのだろう。

わかっている。大学に入るまで転校は三回したし、引っ越しはもっとしているのだから。

引っ越しは儀式だ。段ボール箱に身のまわりの物を詰めながら、気持ちも片付けていく儀式。

ジャージとトレーナーの上に春のトレンチコートをはおって、マンションの外に出た。通りは車もまばらで、誰もいない。コンビニの明かりと街灯だけは白く光っている。共用のゴミ捨て場はマンションの裏だ。暗い静けさに身をひたし、大きな通りを歩きだした。市のゴミ捨て場に行きあたるまで夜風に吹かれようと思った。

駅とは反対の方向を選んだ。坂を下りて、大通りを曲がると、すぐに見覚えのない景色になった。ゴミ袋を片手に歩く。カフェやパン屋を見つけたが、どこもまだ閉まっていた。雑誌で見たことのあるギャラリーがあった。こんなに近くなのに気づかなかった。私は毎日、この街から仕事に出て、眠るためだけに戻ってきていたのだと思う。初めてのひとり暮らしの時は嬉しくて、友人を呼んだり、ユニットバスがあるのに古い銭湯を探したりした。働きだしたら、利便性だけで住む場所を決めて、生活に必要な場所にしか行かなくなった。

食器屋で足が止まる。料理が好きだったあいつの顔がよぎる。作ってくれた炸醤麺（ジャージャーメン）もヤムウンセンも菜の花とホタルイカのパスタも、どれも美味しかった。麺ばかりだね、と言うと「サラダボウルしかないから」と笑われた。一緒に買いにいこうと言われても、自炊はしないから食器は増やさないでと固辞した。料理を女の仕事だと決めつける、父のような男が嫌だった。あいつは違うとわかっていたのに信じきれなくて、コーヒーしか淹れてあげなかった。それでも好きでいてくれるかと無意識に試していたのかもしれない。

後悔も意地もこの街に置いていこう。ゴミ袋を持って、ぐんぐんと歩く。道路はどこまでも続いている。交差点の歩道橋を一段飛ばしで駆けあがる。簡単に息が切れた。

呼吸を整えるために歩道橋の上で立ち止まる。眠る街の向こうに細長いシンボルタワーが見えた。いつの間にか、夜の暗さに薄青が溶けている。

その時、白い線が走った。え、と見ひらいた目を朝日が刺す。白い光は空の端を青く染めていく。都会のビル群が銀色に輝きだす。朝日は昇ると共に白か

らオレンジへと色を変えた。私は歩道橋でひとり眺めた。少しでも長く寝たくて、休日も部屋のカーテンは閉めっぱなしだった。無理にでも散歩や早起きをすれば良かった。この景色をあいつと見たかった。ぜんぜん、後悔を捨てきれない。

すっかり太陽が姿をあらわすまで眺めて、ゴミ袋を抱えなおした。歩道橋を渡って、歩いてきた道の反対側から、あと数時間で去る部屋へと戻っていく。

ゴミ捨て場はもういい。次の街に着いたら、まっさきに手紙を書こう。

新しい部屋で。

初出＝「ウェブ平凡」二〇二三年七月〜十一月掲載
「木守柿」「夜の王」「繡しい夜」「寝息」「仕舞いの儀式」……書き下ろし

◎千早茜（ちはや・あかね）＝１９７９年北海道生まれ。幼少期をアフリカで過ごす。立命館大学文学部卒業。２００８年『魚神（いおがみ）』で第21回小説すばる新人賞を受賞しデビュー。翌年、同作にて第37回泉鏡花文学賞を受賞。13年『あとかた』で第20回島清恋愛文学賞、21年『透明な夜の香り』で第6回渡辺淳一文学賞、23年『しろがねの葉』で第１６８回直木賞を受賞。『ひきなみ』『赤い月の香り』『マリエ』『グリフィスの傷』『雷と走る』、食エッセイ『わるい食べもの』シリーズなど著書多数。

◎西淑（にし・しゅく）＝福岡県生まれ。雑誌、広告、パッケージ、書籍の装幀などのイラストレーションを手がける。京都を拠点に活動中。

◎眠れない夜のために　◎著者＝千早茜　◎絵＝西淑
◎発行者＝下中順平　◎発行所＝株式会社平凡社　〒１０１・００５１　東京都千代田区神田神保町３ノ29　☎０３・３２３０・６５７３（営業）　https://www.heibonsha.co.jp/　◎印刷＝株式会社東京印書館　◎製本＝大口製本印刷株式会社

◎ISBN978-4-582-83973-9　◎落丁・乱丁本のお取り替えは小社読者サービス係まで直接お送りください（送料は小社で負担いたします）。

２０２４年11月13日　初版第１刷発行
２０２５年２月28日　初版第３刷発行

【お問い合わせ】
本書の内容に関するお問い合わせは
弊社お問い合わせフォームをご利用ください。
https://www.heibonsha.co.jp/contact/